유병재 농담집
블랙코미디

유병재 농담집
블랙코미디

✳
비채

아이스 브레이크

개나 소나 책을 쓴다.

이 땅의 백만 저자들에겐 면목없는 말이지만 사실이 그렇다. 나 같은 놈까지 책을 냈으니 말이다.

교과서와 만화책을 제외한다면 내가 태어나서 읽은 책은 오십 권을 넘지 않을 것이다.

해서 이 책은 오로지 시간과 노력으로만 쓰였다.

타이틀만 있을 뿐, 문장력도 깊이도 없는 모자란 작가의 첫 번째 책을 읽어주실 독자 분들을 위해 각 장의 설명으로 머리말을 대신하고자 한다.

설명이라 썼지만 변명이라 읽힐 것이다.

제1장 블랙코미디

내가 가장 좋아하는 것. 그러나 블랙코미디를 한마디로 정의하는 것은 쉬운 일이 아니다.

"금기를 다루어야 한다" "풍자가 들어가야 한다" "우울해야 한다" 등.

그것은 다루는 소재에서 기인할 수도 있고, 풀어내는 방식에서 찾을 수도 있다.

어차피 학술용어가 아닌 이상 해석은 각자의 의지에 맞게 가져가는 편이 맞을 것이다.

나의 해석은 이렇다.

즐거움이라는 한 가지 감정에만 의존하지 않는 코미디.

코미디는 웃음을 향하고, 웃으면 즐겁기 마련이다.

내가 생각하는 블랙코미디는 웃어야 할지 울어야 할지, 화내야 할지 말아야 할지 고민에 빠지게 되는 코미디이다. 요즘 말로 쉽게 바꾸면 '웃픈' 농담쯤 되려나.

어린 시절 동네 할아버지께서 즐겨 하시던 농담 한마디로 더 이상의 지저분한 설명을 대신하겠다.

"내가 구정에 죽어야 느이들이 제사 지내기 수월헐 텐디."

제2장 분노수첩

나는 본래 화가 많은 편이다.

누구에게든 미움받기를 겁내는 어리석은 성격 탓에 직접

화를 내본 기억은 많지 않지만, 나라는 인간은 본래 화가 많은 편이다.

용기가 부족해 삼켰던 분노들을 글로 써보았다. 기백은 없고 불만만 많은 인간은 이렇게라도 살아야 한다.

피해의식과 때때로 술기운까지 곁들여진 부끄러운 글이기에 될 수 있다면 나와 비슷한 상황에서 읽어주시기를 간곡히 부탁드린다.

제3장 어느 날 고궁을 나서며

똥을 닦고 확인해보면 간혹 휴지의 엉뚱한 곳에 똥이 묻어 있을 때가 있다.

신경 써서 닦은 곳은 깨끗하고, 터무니없는 부분에 똥이 묻어 있는 것이다.

그럴 때마다 나는 '똥구멍이 어디에 달려 있는지도 모르고 잘도 삼십 년을 살았구나' 하고 생각한다.

내가 좋은 놈일 땐 내가 가장 잘 안다.

내가 나쁜 놈일 때도 그걸 안다는 건 쉬운 일이 아니다.

어쩌면 내가 나를 제일 모른다.

그래서, 나는 어쩌면 나쁘다.

이미 지은 죄가 많아 훌륭한 사람이 되기란 글렀을지 모른다.

하지만 제 몸에 난 뿔도 모르는 괴물이 되고 싶지는 않다. 적어도 알고는 싶다.

이 장을 '분노수첩' 뒤에 배치한 것은 내 분노의 원인들은 결국 나였다. 결국 나도 같은 인간이다. 하는 반성에서 기인했다.

제4장 인스타 인증샷용 페이지

이 책에서 그나마 불편하지 않은 말랑말랑한 이야기들.

불편하진 않지만 불편할 만큼 오글거릴 수도 있는 이야기들.

중2로 돌아가 이 책을 본다 해도 부끄럽지 않을 자신이 없는 이야기들이다.

그래서 인스타에 찍어 올리기 적당한 이야기들이다.

차례

제1장

블랙코미디

제 2장

분 노 수 첩

제3장

어느 날 고궁을 나오면서

1

_____

장

블랙코미디

변
비

똥이 안 나온다.
난 이제 잘하는 게 하나도 없다.

지 호
지 지
자 자
불 불
여 여
호 락
지 지
자 자

知之者不如好之者 好之者不如樂之者

천재는 노력하는 자를 이길 수 없고

노력하는 자는 즐기는 자를 이길 수 없다.

요컨대, 어떤 일이든 진정으로 즐길 줄 아는 자만이 금
수저 밑에서 일할 수 있다.

낭
비
벽

나는 뭐 그리 오랜 시간 멋진 속옷을 골라 입고 나갈까.
누구 보여줄 일도 없으면서.

운
명

어느 날 운명이 말했다.
작작 맡기라고.

멘
토

"잘난 사람들 따라 살 필요 없어. 그렇게 못 산다고 자책할 필요도 없고. 애당초 너나 내가 여태 살아온 가닥이 있는데 하루아침에 바뀔 수 있겠냐? 분수 맞춰 사는 거야. 너무 멋있는 사람 따라가려고 하지 말고. 주변에 꼭 그런 것들 있잖아. '저렇게는 되지 말자' 하는 것들. '죽으면 죽었지 저놈처럼만은 늙지 말자' 이게 훨씬 효과적이야. 좋은 거 더하려고 하지 말고 후진 것만 빼도 더 나은 사람이 될걸."

담배를 피우던 나의 일장연설에 후배는 공감하는 눈치

였다. 꽤 으쓱해진 나는 바닥에 침을 카악 뱉었고 후배는 뱉으려던 침을 삼켰다. 나는 자리에 돌아가려고 꽁초를 바닥에 비벼 껐고 이를 본 후배는 급하게 재떨이를 찾았다.

어
머
니
의
　자
　부
　심

잊지 말자. 난 어머니의 자부심이다.
아무래도 어머니는 잊으신 모양이니까
나라도 잊지 말자.

진
심

예전에 만나던 애인은 흥이 많고 표현이 과했다. 말끝마다 '진심'을 붙이는 게 버릇이었다.

"진심 완전 배불러. 진짜 진심 대박."
"진심 졸라 웃김ㅋㅋ진짜 진심 대박!"
"개짜증나. 진심 왜 저래?"
"진심 피곤함. 진짜 진심."

"사랑해 오빠."

버
스

버스에서 아저씨 한 분이 몇 분이 넘도록 크게 통화하
자 그 옆자리 아저씨가 공공장소에서 그렇게 큰 소리로
떠들면 되겠느냐 안 되겠느냐······
　　더 큰 소리로 더 오랫동안 화내셨다.

　　나는 아무렴 어떤가 싶었다.

다
행
이
다

말에 가시가 돋아서
기분이 안 좋은 줄 알고 걱정했어.
성격이 안 좋은 거였구나.

방구를
허하라

방구[명사]

'방귀1'의 방언(강원, 경기, 경남, 전남, 충청, 평안).

이 정도면 표준어 아니냐?

인
생
도
처

유
상
수

"내가 제일 웃겨!" 하는 당찬 포부로 들어온 이 바닥엔 실력자들이 너무 많았다.

TV에선 우습고 모자라 보일지 몰라도 나보다 웃기고 머리 좋은 사람투성이였다.

코미디언들을 보면 꼭 서울의 부동산을 보는 것 같다.

겉으론 값싸 보여도 일고 보면 속으론 '억' 소리 나는 재야의 고수들인 것이다.

날
씨

날씨야 네가 아무리 추워봐라.
내가 옷 사 입나 세금 내지.

가
난

누군가 말했다. 가난은 부끄러운 게 아니라 불편한 것
뿐이라고.

맞다. 가난의 본질은 부끄러움이 아니라 불편함이다.

부끄러울 정도의 불편함.

굿
월
헌
팅

명문 사학 ○○대학의 청소노동자 K씨.

나이대로라면 학생 신분이 더 어울리는 K씨는 불우한 가정환경 탓에 교육을 제대로 받지 못했습니다.

어렸을 적부터 명석한 두뇌로 둘째가라면 서러웠지만 가족의 생계를 책임져야 했기에 그는 대학에 진학할 수 없었죠. 하지만 학업에 미련을 버리지 못한 K씨. K씨의 유일한 취미는 교수가 학생들에게 낸 복도 칠판의 어려운 문제를 몰래 풀어내는 것이었어요.

그러던 어느 날, 늦게까지 학교에 남아 있던 교수에게 K씨의 취미가 들통나버리고 말았습니다.

유능한 교수는 단번에 K씨의 재능을 알아보았고, 자신의 밑에서 조교로 일할 것을 제안하였죠.

하지만 K씨는 자신의 노동자 친구들을 떠날 수 없었어요. 그런 K씨에게 친구가 말했습니다.

"네가 만약 이십 년 뒤에도 이딴 막노동이나 하고 있다면 그땐 내가 널 죽일 거야. 넌 당첨번호를 손에 쥐고 있는데 돈으로 바꾸기 두려울 뿐이잖아."

친구의 진심어린 조언에 K씨는 어려운 결정을 내리게 되었어요.

어제까지 박봉의 청소노동자였던 K씨.

이제 명문 대학원의 조교가 되어 박봉에 교수 집을 청소하고 교수 애도 봐주고 교수 논문도 써주고 교수 장모님 김장도 담가준답니다.

돈을 잃으면 조금 잃는 것이고

돈을 잃으면 조금 잃는 것이고
명예를 잃으면 많이 잃는 것이고
건강을 잃으면 모든 것을 다 잃는 것이다.

하지만 요즘은 돈을 잃으면
대개 명예와 건강도 잃는다.

상
쾌
한

똥

기분은 더러운데 그 이유를 까먹을 때가 종종 있다.

좋은 기회인데 굳이 기억을 더듬어 이유를 찾아내고야
만다.

그러면 이제 개운한 상태로 기분이 더럽다.

오
늘
의
나

"어제의 나 개새끼야 ㅠㅠ 너 때문에 빼잉이 치게 생겼잖
아 부탁한다 내일의 나 ㅠㅠ"

나의 인생이란 '어제의 나'와 '내일의 나'를 중재할 뿐
인 '오늘의 나'의 반복.

Windows 구성 준비 중 전원을 끄지 마십시오

내 뜻대로 할 수 있는 거 너 하나였는데.

기
억

지난 추석, 일흔을 바라보는 아버지와 환갑이 가까워진
어머니가 사시는 고향 집에 내려갔다.

어릴 적 외할아버지 댁에 놀러 갈 때 났던 할아버지 냄
새가 이젠 부모님 집에서 났다.

내 머릿속엔 또렷한 어린 시절 추억들이 부모님의 머
릿속에선 더 낮은 해상도로 기억되고 있었다.

올 어머니 아버지는 이제 흰머리도 늘고 기억력도 가
물가물해지셨지만……

공무원이 된 내 친구들의 이름만큼은 똑똑히 기억하고
계셨다.

유
명
세

　사장님: 총각 TV 나오는 누구 닮았는데 기분 나쁠까봐
애기를 못하겠네.
　나:

0
의
밑

돈은 있다가도 없고, 없다가도 있다.

······기보다,
있어야 있다가도 더 있고
없으면 없다가도 더 없더라.

프로레슬링과 뮤지컬

나는 프로레슬링과 뮤지컬을 정말 사랑한다.

하지만 동시에 웃기기도 하다.

진지한 대화 도중 갑자기 노래와 춤을 선보이는 것과
상대방의 공격을 기다리는 것은 우습잖아!

하지만 우습다고 후진 것은 아니며 진지한 것만 멋진
것은 아니다.

나는 비웃는 동시에 사랑한다.

사랑과 조소는 가분의 개념이 아니다.

어
린
게

어린애들한테 돈 얘기 하지 말라니.
돈 없어서 제일 서러운 건 어릴 땐데.

슬
럼
프

지금이 슬럼프라면 전성기는 도대체 언제였단 말인가.

두
부
한
모

전국구 ○○파의 임원급 조직원 강모 씨는 행동대장의 죄를 대신 뒤집어쓰고 복역 중입니다.

10년 복역에 10억을 받기로 했으니 연봉 1억짜리 직장이라며 스스로 위안했지요.

보고 싶은 가족의 얼굴도, 달콤한 맥주 한잔의 유혹도 출소 후의 장밋빛 미래를 그리며 참아냈다네요.

그럴듯한 아파트 한 채, 멋들어진 자동차, 자식 놈들 유학비에 해외로 가족여행까지. 10억으로 할 수 있는 모든 경우의 수를 상상하며 매일매일 행복했답니다.

그렇게 복역을 마친 2026년, 인근 슈퍼에서 두부 한 모를 집어든 강모 씨.

"얼마예요?"
"응, 사천만 원."

최
애
캐

인정하면 편하다.

모든 최애캐는 내 맘 같지 않다.

리
얼

버
라
이
어
티

내 인생은 절대자가 연출하는 예능의 미션 같다.

죽을 각오로 별의별 고난을 다 견뎌내고 '우리 돼지 한 돈' 정도의 보상을 받는 것이다.

고
백

나 솔직히 되게 배부른데 심심해서 뭐 먹을 때 있다.

중
등
일
기

빈정대자는 게 아니라 잘난 사람들 너무 많다. 다들 자기 인생에선 자기가 주인공일 텐데, 도무지 이놈들과 맞서 싸워서 21세기를 주도해나갈 역군이 될 자신이 없다.

안 되겠다. 얼른 일찍 자고 일찍 일어나서 급식에 삼계탕 나오면 인삼 안 버리고 다 먹고 22세기까지 살아남은 다음에 22세기를 주도해나갈 인재가 되어야겠다. 이 새끼들 니늘 다 죽은 다음엔 내 세상이야.

―중2때 하던 고민 중엔 이런 게 있었다. 저땐 갈수록 더 빡세진다는 걸 몰랐겠지.

상
쾌
한

똥

은밀한 사생활을 즐기다보면 혹시 내 인생도 〈트루먼 쇼〉처럼 전세계 사람들이 지켜보고 있는 건 아닐까 하는 걱정에 몸서리치곤 한다.

그러다가도 '누가 이딴 시시한 인생을 볼까' 싶어 깊은 안도의 한숨을 내쉬는데…….

그러면 이제 개운한 상태로 기분이 더럽다.

러
닝
머
신
을

사
려
다
가

단념했다.

뛰러 나가는 게 귀찮아서 사는 건데
뛰는 게 안 귀찮을 리가 있나.

큰따옴표 작은따옴표

"우리 아들은 왜 맨날 네이버 메인만 보고 있어?"
'엄마가 노크를 안 하셔서요.'

돌
겠
네

왜 내 돈만 돌고 돌까.

알
파
고

2016년 3월, 인간 대표 이세돌 9단과 알파고의 바둑 대결.

결과는 4:1, 이세돌의 충격패였고 언론은 앞다투어 기계가 인간의 노동력을 대신하는 디스토피아에 대해 보도했다.

나 역시 〈매트릭스〉, 〈터미네이터〉 따위의 영화를 떠올리며 기계가 내 일자리를 빼앗아갈지 모르는 미래에 공포를 느꼈다.

2016년 최저시급 6,030원
2017년 최저시급 6,470원

우리의 경쟁력은 가격이었다.

빈
손

빈손이 가장 행복하다고
많이 버릴수록 행복해진다고
부자들만 말하더라.

많이 버리려면 많이 갖고 있어야지.

농
담

"내가 구정에 죽어야 느이들이 제사 지내기 수월혈 텐
디."

연륜이 담긴 해학은 당해낼 재간이 없다.
노력만으론 갈 수 없는 영역. 진짜 농담.

위
로

실연당한 여인이 길에서 울고 있었다.

한 철학자가 이유를 알고
위로하는 대신 웃으며 말했다.

너는 너를 사랑하지 않는 사람을 잃은 것뿐이다.
하지만 그는 자신을 사랑해주는 사람을 잃은 것이다.
그런데 너는 왜 괴로워하는가?
지금 가장 괴로운 사람은 누구이겠는가?

철학자의 말을 알아들은 여인이 울음을 그치고 미소 짓자 철학자가 말했다.

그래도 너야ㅋ.

브래드 피트

"브래드 피트랑 추성훈이랑 합쳐놓은 것처럼 생겼어."

"브래드 피트 얼굴에 추성훈 몸?"

"브래드 피트 얼굴을 추성훈이 다섯 시간 동안 팬 것처럼 생겼어."*

*실제로 들은 말. 소개팅 주선자는 상대방에게 나의 얼굴을 이렇게 묘사했다.

통
장

    걱정, 근심, 게으름, 시기, 질투, 나태, 친일파, 자격지심, 악성댓글, 독재자, 뻔뻔함, 교만, 식탐, 성욕, 의심, 위선, 이기심, 군부세력, 불평등, 폭력, 성범죄자, 혐오, 피해의식, 적폐, 차별, 꼰대, 자기혐오를 내 통장에 넣어두고 싶다. 거기는 뭐 넣기만 하면 씨팔 다 없어지던데.

인
터
넷

결
제

인터넷 결제가 복잡하면 복잡하다고 욕하고
쉬우면 돈 쓰게 한다고 욕하고.
아 나란 새끼 뭐하는 새끼.

애들 앞에선 싸우지 않아

누나랑 매형은 부부싸움을 할 때마다 꼭 애들이 보고 있던 TV를 끈 다음 방으로 들여보내곤 한다.

〈모여라 딩동댕―번개맨〉의 기본 플롯이란 번개맨이 악당들의 공격에 위기에 봉착해 있다가 아이들의 응원으로 파워충전해서 역전하는 것인데, 〈번개맨〉이 할 때마다 누나랑 매형이 싸우니까 애들은 번개맨이 악당들 물리치는 꼴을 못 본다. 그래서 소가들 머릿속에 번개맨은 영웅은커녕 항상 처맞기만 하는 존재다.

당직 서던 어느 날

전역을 앞두고 당직 상황근무를 서던 어느 날.

앞으로의 막막함, 그리고 그 와중의 무료함과 싸우던 중 평소 말이 없고 상식이 풍부한 정모 상병이 옆에서 내가 묻지도 않은 이것저것에 대해 떠들었다.

하루는 "히틀러 좋아하십니까?"로 시작해서 히틀러가 사용한 '적 만들기'에 대해서 설명하였다.

내 귀는 얘기를 듣고 있었지만 내 눈엔 그해 여름 유격장에서 조교가 나눈 일이병팀, 상병장팀 안에서

이길 수 있습니다!! 개좆밥입니다!!

외치던 정모 상병의 얼굴이 뿌옇게 보였다.

알면서도 못 지키고 사는 건 나뿐만이 아니라는 생각
에 마음이 상쾌해졌다.

오
버
워
치

우리 팀은 거기서 끝났다.

우리 팀 겐지가 보이지 않는다거나

송하나가 메카 탑승을 꺼려서라는 의견은 사양이다.

바스티온과 파라가 도보를 즐기기 때문도 아니다. 메르
시한테 나노강화제를 투여하는 아나라서가 아니다.

낯가리는 라인하르트가 행여 주목받을까 아무도 없는
곳으로 돌진하고

한조가 대기 중이어서가 아니다.

그럼 너무 아프니까.

그래서 난 그냥 열심히 하지 않은 편이어야 한다.

열심히 안 한 것은 아니지만
열심히 안 해서인 걸로 생각하겠다.
난 열심히 하지 않아서 심해로 내려온 것이다.
난 열심히 하지 않아서 버려진 것뿐이다.

리
빙
포
인
트

#1

키보드 배틀에서 이기는 법
: 더 어이없어한다.

편견

한국 여자는 어떻다는 둥……
어떤 지역 사람들은 뭐가 문제라는 둥……
한 집단의 특성을 단정 짓는 사람들의 특징은
주변의 몇몇 사례만을 가지고 굉장히 쉽게 판단해버린
다는 데에 있다.

진짜다.
내 주변 보니까 다 그렇던데.

진
퇴
양
난

마스크 벗고 미세먼지를 마실 것이냐.
마스크 쓰고 내 입냄새를 마실 것이냐.

눈
치
게
임

기차에서 의자 한번 젖힐 때마다 〈도박묵시록 카이지〉
한 권 분량의 심리전을 하는 것 같다.

쥐똥만큼 젖히고 나서도 뒷좌석에서 행여 불쾌해하지
않을까 눈치 보느라 마음이 고되어진다.

좆밥들의 어둑이란 대부분 코레일 의자에서 발생할 것
이다.

쓰다 만 이야기들

능력과 시간이 없어

▶ 노조 파괴하는 용역업체에서 부당해고당한 뒤 용역 업체 안에 노조를 설립한 A씨의 이야기.

▶ 경찰에 잠입한 건달 출신의 스파이 주인공. 하지만 경찰 내에서 실력을 인정받아 다시 조직에 잠입 스파이로 보내지게 되는데…….

▶ 본인이 남성을 좋아하는 것을 알고 여성으로 성전환 수술을 받은 주인공. 하지만 그 후 꿈에 그리던 이상형을 만나게 되는데…… 그녀는 여자다.

▶고된 감정노동으로 감정을 거꾸로 표현하게 되는 희
귀병에 걸린 텔레마케터 A씨의 이야기.

▶5초짜리 짧은 섹스비디오가 유출된 톱 아이돌 A. 그
의 소속사에서는 해당 영상은 현재 제작 중인 영화의
티저영상이라며 유출된 비디오를 토대로 영화를 제
작하는데…….

▶사고 친 건 회장님이지만 피 보는 건 가맹점주들. 회
장의 집 앞에서 잠복하며 일거수일투족을 감시하는
가맹점주들의 고군분투기.

▶실패한 농담들이 모여 사는 섬.
농담들을 의인화한 우화.
이 섬에는 누구도 웃지 않는 농담들이 모여 살고 있다.
단순히 썰렁한 농담들부터,
누구도 웃지 않는 저질 성희롱, 고인 조롱, 패륜, 소수
자와 약자 비하 등.
애초에 이 섬에서 태어난 농담들도 있고
예전에는 다른 곳에서 살다가 세상이 바뀌어 이 섬으
로 오게 된 농담들도 있다.
이들은 지옥 같은 이곳을 탈출하려 한다.

생
리
대

치루 수술하고 집에서 요양하던 중이었다.

출혈이 생각보다 심해 의사 선생님 말씀대로 생리대를
착용해야 했다.

남자 둘이 자취하는 집이라 나는 형에게 들어오는 길
에 생리대 좀 사다 달라고 했고…….

형은 탐폰을 사왔다.

성
교
육

"엄마 아빠, 아기는 어떻게 생겨요?"

"넌 아직 몰라도 돼! 조그만 게 벌써부터……. 그리스
로마 신화나 읽어! 가만 보자, 천둥의 신 제우스는 엄마를
강간하고 누나랑 결혼했단다."

파블로프의 딸

파블로프의 개: 고전적 조건형성. 개에게 먹이를 줄 때마다 종을 울리면 나중에 먹이를 주지 않고 종만 울려도 개는 침을 흘린다.

10년째 동거 중인 매니저 형은 노크하는 습관이 없다. 나는 자위하는 모습을 여러 번 형에게 들키곤 했다. 극도로 흥분된 상태에서 형의 얼굴을 맞이하는 것이다.

나는 이제 형 얼굴만 봐도 이따금씩 발기가 되곤 한다.

내 통장은 당구대
공이 너무 많아

내 통장은 공업소.
0 없오.

과
소
비

많이 쓰는 것이 아니다. 적게 버는 것일 뿐이다.

아
들
딸

대한민국에서 아들딸로 살기 힘든 이유

: 딸 같아서 성희롱하고 아들 같아서 갑질함.

유인구

나는 야구를 그다지 좋아하지 않는다. 본래 스포츠를 즐기지 않는 이유도 있고 경기 시간이 길어 집중하지 못하는 탓도 있지만 야구를 보고 있으면 왠지 모르게 마음이 불편하다.

"유인구가 떨어집니다!"
"유인구를 던져야죠!"
"유인구잖아 때려야지!"
"치라고 유인구!"

우리 아버지는 버들 유柳 어질 인仁 자에 아홉 구九 자를 쓰신다.

말
이
야

방
귀
야

그리 머지않은 미래, 인류는 결국 바벨탑을 세우고야
말았다. 언어 간의 실시간 번역은 물론이고 개, 고양이 등
이종異種 간의 언어마저 번역하는 쾌거를 이룬 것이다. 거
대한 탑을 쌓아 하늘에 닿으려 했던 인간처럼 과학자들의
욕심은 끝이 없었다. 그들은 '의지'가 담긴 모든 소리를
번역해내고자 했다.

언어[명사]
생각, 느낌 따위를 나타내거나 전달하는 데에 쓰는 음성, 문자 따
위의 수단.

언어라는 것은 애당초 입에서만 나오는 것이 아니었다.

전세계의 언어학자와 과학자들은 한데 머리를 모아 새로운 언어의 영역을 찾아 헤매기 시작했다.

그리고,
마침내 우리는 방귀 소리마저 번역할 수 있게 되었다.
방귀에도 인간의 의지는 담겨 있다. 방귀 소리의 고저장단과 강약 등을 화자話者의 심리와 매칭 후 데이터베이스화하여 새로운 언어체계를 만들어낸 것이다.
이를테면 이런 식이다.

▶ **뽀옹**: "안녕하세요?"

▶ **뿡뿡뿡**: "주문하시겠습니까?"

▶ **푸드득**: "저는 재즈음악을 즐겨듣습니다."

▶ **슈우욱 퐁보로봉**: "버스 정류장 가는 길을 알려주시겠어요?"

▶ **푸지지직**: "설서시는 여자가 하라고 하늘에서 정해주셨지요."

▶ **푸아앙 푸푸퐁**: "마사지걸 고를 때는 못생긴 여자를

골라야 합니다."

▶ **푸슝슝스**: "솔직히 말해서 그 조리사라는 게 아무 것도 아니거든요."

▶ **폭포로폭**: "국민들이 뭐 레밍 같다는 생각이 드네요."

▶ **후두두둑**: "성공한 쿠데타는 쿠데타가 아니지요."

▶ **피쉬이이**: "젊은 사람들이 나한테 대해서는 아직 감정이 안좋은가 봐."

▶ **박보웅**: "나한테 당해보지도 않고."

텅
텅

대한민국의 청와대가 텅텅 빌 정도로 한번 해보세요.
다 어디 갔나?
저 감옥에 다 갔다고.

2

장

분
노
수
첩

복덩이

나는 복덩이인 게 분명하다. 왜냐하면 여태껏 내가 속했던 모든 집단은, 내가 들어오기 전까진 항상 빡셌고 지금처럼 편한 생활은 상상할 수도 없었기 때문이다. 내가 들어옴과 동시에 모든 집단이 다 편해지고 기가 빠졌다고 했다.

불쾌 매크로

듣는 순간 기분 나쁜 말.

"기분 나빠하지 말고 들어."

성
희
롱

예
방
교
육

　내가 볼 땐 성희롱 예방교육 시간에는 피상적인 매뉴
얼보다 성희롱으로 인생 좆된 새끼들 인터뷰 보여주는 게
더 효과적일 것 같다.

　문제가 제기되고 나중에 말을 들어보면 잘못인 줄 알
고 한 새끼들은 한 새끼도 없다. 그 새끼들은 늘상 모르고
한 실수였다거나 그럴 의도가 아니었지만 불쾌했다면 사
과한다는 낡고 게으른 변명만 늘어놓는다. 하지만 잘못인
걸 몰랐다면 멍청한 개새끼고 알았다면 못된 썹새끼인 것
이다.

타인에게 성적 수치심을 주면 안 된다는 것을 우리는 한글 배우고 얼마 지나지 않아 배운다. 애초에 정보, 지식 차원의 문제가 아닌 것이다. 때로는 공포가 가장 효과적인 교육일 수 있다.

성희롱을 없애는 방법은 성희롱을 피하는 것이 아니라 성희롱을 하지 않는 것이다.

쿨
과

싸
가
지

쿨한 것: 나는 아무래도 괜찮아!

싸가지 없는 것: 니네는 아무래도 괜찮아!

쿨한 거랑 싸가지 없는 거랑 구분 못하는 새끼들이 많은데, 영단어가 쓰고 싶어서 그러는 거라면 어울리는 말이 있다.

소시오패스.

똥

똥이 무서워서 피하나 더러워서 피하지.
하지만 어떤 똥들은 무서울 정도로 더럽다.

악
성
코
드

몇몇 꼰대들은 마치 악성코드 같다.

설치할 의사가 없음을 수차례 밝혔음에도 구태여 충고
를 일삼는.

리
빙
포
인
트

"할 말은 있는데 하지 않을게요."

……를 입에 달고 사는 이에게는 철저한 무관심으로 응대하자.

비겁한 관종의 최대 천적은 노발대발보다 무관심이리니.

딸
같
아
서
만
졌
다

딸 같아서 만졌다니,
딸 치려고 만졌겠지.

리더와 보스

리더는 사람을 개인이 아닌 행동으로 판단한다. 보스는 권위와 질책을 자신이 가진 하나의 무기로 간주해서 사람을 행동이 아닌 '한 따까리 할 대상'으로 판단한다. 해서 보스는 바로잡아야 할 잘못을 바로잡는 것이 아니라 자신의 권위가 가장 경제적으로 사용될 타이밍을 엿보는 것이다.

나는 운이 좋게도 리더를 많이 만났다.
그래서 엄청 깨지고 다녔다.
보스를 만났으면 한 번씩만 깨지면 되는데…….

태
세
전
환

참 편하게 산다. 너는.
아니다 싶으면 농담이라 하면 되고.

연
예
인

걱
정

사람들은 걱정 안 해줘도 되는 연예인은 걱정해주고
걱정이 필요한 연예인에겐 악플을 달아 더 걱정스럽게
만드는 게 아닐까.

'울
지
마
'
는
위
로

난 눈물이 많다. 〈한바탕 웃음으로〉를 보고도 운 적이 있고 때론 날이 무딘 한마디 말에 왈칵 눈물이 쏟아지기도 한다. 나의 눈물이라는 액션에 돌아오는 리액션은 구할이 "울지 마"였다. 호통에 가까운 "뚝! 울지 마!"이거나 따뜻한 위로 섞인 "괜찮아, 울지 마"이거나 모두가 나에게 울지 말라고 했다. 그러다보니 나도 모르는 사이에 누굴 위로할 땐 "울지 마"라는 말이 먼저 나올 때가 있었다.

난 배배 꼬인 놈이긴 해도 그렇게 꽉 막힌 놈은 아니다. 마음은 백번 이해하고 진심으로 감사한다. 나의 슬픔에까지 신경을 써주다니 세상에 이런 고마운 일이 어디 있나? 마음은 너무 감사하지만 울고 있는 사람한테 울지 말라는 건 너무하지 싶은 거다.

누군 울고 싶어서 우나? 울 수밖에 없어서 우는 사람한 테 울지 말라니, 누구 편하자고 울지 말래?

울고 싶어서 우는 경우엔 더 그렇다. 울고 싶어서 우는 건데 왜 울지 말라고 그래? 분위기 조지지 말란 얘기야? 너 좋자고 내가 눈물 그쳐야 되냐?

우는 건 안 좋고 웃는 것만 좋다는 건 또 어디서부터 시작된 개 같은 개념인지.

내 추측으론 이 노래가 상당 부분 작용했다.

"얼굴 찌푸리지 말아요~ 모두가 힘들잖아요♬"

소름 돋게 폭력적이고, 단체를 위해 개인의 행복은 개 나 줘버리라는 말도 안 되는 가사이다.

뒤에 아무리 '기쁨의 그닐' '친구돌이 있잖아요' '두렵 지 않아' 등의 아름다운 가사가 있어도 소용없다. 저 한 소절로 이 노래는 그냥 똥이다.

어린이들이 단체로 춤추면서 저 노래를 부르고 있으면

정말 소름이 돋는다. 아니 지금 뭘 가르치고 있는 거야? 어렸을 때부터 표정관리하라고 시키는 거야? 그 개 같은 건 군대 가면 어차피 배우기 싫어도 배우는데!

사실 효과가 있긴 하다. 난 울고 있을 때 울지 말란 얘기를 들으면 과연 눈물이 멈추고 울화가 치민다.

그러니까 내가 울 땐 주댕이 닥치고 그냥 씨팔 어깨나 토닥여줘.

상처와 카리스마

사람들이 당신을 겁내는 건
당신에게 대단한 카리스마가 있어서가 아닙니다.

당신은 그냥 쉽게 상처를 주는 사람이기 때문에
상처받게 될 나를 겁내는 것이지,
당신을 겁내는 것이 아닙니다.

당신에게 대단한 카리스마가 있어서가 아닙니다.

덤
앤
더
머

"이거 저희 잘못이 아니라 원래 그렇게 해왔습니다."
"원래라는 말은 없어."
"왜요?"
"원래 없어."

TV에 나오면 좋은 점

'나는 누구일까?' '나는 어떤 사람일까?'

치열했던 존재에 대한 고민이 사라진다. 존재의 고민은 더 이상 나의 몫이 아닌 것이다.

그것은 어차피 방송국 편집실, 포털 메인의 댓글에서 결정되기 때문이다.

나는 이제 나 자신에 대해 고민할 필요가 없다.

예
비
군

예비군 훈련을 간 어느 날, 비가 많이 내린 탓에 강당에
서 정신교육을 받았다.

단상에 선 동대장님은 다른 교관님들에 비해 인상이
젊고, 눈빛 역시 깨어 있었다.

그는 안보교육에 앞서, "오늘 본 교관은 군인으로서 교
육생들을 앞에 두고 정치색을 드러내는 발언은 절대 하지
않겠노라" 하고 약속했다. 혹여 자신도 모르게 선동을 유
발하는 언행이 나온다면 언제든지 손을 들고 제재해주십
사 당부했다. 나는 군에 종사하는 사람의 자세는 저래야

하는 것이라고 생각했고, 본받을 만한 그의 태도에 졸음을 쫓아가며 교육을 경청했다.

교관님은 과연 자신의 정치색을 전혀 드러내지 않고 한 시간 동안 손주 자랑을 하셨다.

나는 동대장님의 정치색이 간절했다.

기
레
기

[포토] 박○○ 폭풍성장, 쭉 뻗은 성숙몸매 14살 몸매 맞아?

이 새끼는 씨팔 도대체 뭐부터가 문제일까?

약
올
라

죽
겠
어

해당 회원은 '댓글모음'을 공개하지 않았습니다.

닫기

꼰대랑스; Konderance

똘레랑스Tolerance: 나는 당신의 의견에 동의하지 않지만 당신의 말할 권리를 지키기 위해서는 목숨을 걸고 싸우겠다.

꼰대랑스Konderance: 나는 당신의 말할 권리에 동의하지 않고 당신의 의견에 반대하기 위해서는 목숨을 걸고 싸우겠다.

생각을 좀 해 봐

"'생각을 좀 해봐'라고 말하지 마. 얼마나 기분 나쁜지 알아? 왜 몰라? 생각을 좀 해봐."

뇌

넌 배에 뇌가 있을 것 같다.
똥은 대가리에 있으니까.

나
와

같
다
면

"내가 너랑 똑같았어. 나 보는 것 같아서 하는 말이야."
……라며 충고하는 이들에게 묻고 싶다.
정말 지금의 나와 똑같았다면
내가 지금 당신 말을 듣지 않고 있는 건 왜 모르시나?

냉
탕
과

열
탕

사
이

　힘들어 죽겠는 사람 앞에서 지가 더 힘들었으니까 힘
내라는 놈들은 사고구조가 어떻게 되어 있는 거냐? 온탕
에서 열탕 본다고 냉탕되냐?

리
빙
포
인
트

#3

적의 적은 친구가 아니라
별개의 개새끼다.

합
리
주
의
자

　자기 일상 대소사엔 존내 감정적인 새끼들이 세월호
유가족분들 얘기만 나오면 무슨 논리 팩트 이성 기반에
합리주의 철학자들처럼 굴고 있네. 등신 쪼다 같은 것들
이 아주 데카르트 납셨네, 씹새끼들.

별
개
로

어른들께 자주 듣는 말이 있다.

독재와 별개로 우리가 이만큼 먹고살게 된 것은 다 '그'
의 덕이라고.

내 생각은 조금 다르다.

우리가 이만큼 먹고살게 된 것과 별개로 그는 독재자
라고.

속
터
지
는
속
담
사
전

#1

[속담] 처녀가 애를 배도 할 말이 있다.

: 아무리 큰 잘못을 저지른 사람도 변명할 순 있다.

처녀가 애를 배면 '당연히' 할 말이 있다.

아니, 여간한 상황보다는 할 말이 훨씬 더 많을 거다.

씨팔 그게 죄냐?

부
역
자

　"물론 걔들이 직접 잘못한 건 아니지. 걔들은 그러니까…….

　방귀 같은 새끼들이지. 똥은 아닌데 똥이랑 같이 있던 애들."

아재개그

내 기억으로는 2015년 하반기부터 '아재개그'라는 말이 유행하기 시작했다. 기존의 부장님 개그, 썰렁한 농담 즉, 아저씨(아재)들이나 할 법한 옛날 농담이라는 뜻으로 통용된 걸로 기억한다. '썰렁'이라는 부분에서 약간의 결은 다르지만 난 예전부터 아재개그를 찬양해왔다. 너무 사랑한다! 시골 아저씨들의 삶의 애환이 담겨 있는 농담을 너무 사랑해서 수집하는 것이 나의 취미 중 하나이다.

몇 년간 사금 캐듯 조금씩 모아온 아저씨 농담을 조금만 공개하겠다.

▶ **"이십칠만 원이네?"**: 음식점 사장님들이 청구금액 이만 칠천 원을 유머러스하게 알려주시는 농담. 주로 나이가 어린 학생 고객에게 많이 사용하신다.

▶ **"한전(한국전력) 앞에서 촛불 켜네."**: '번데기 앞에서 주름잡네' 류의 타박계 농담. '포크레인 앞에서 삽질 하네'와 같이 다양하게 변주된다.

▶ **"죽구 싶으믄 임금님 불알은 못 만지나."**: 마찬가지로 함부로 까불지 말라는 뜻의 타박계 농담. 왕정이 끝났음에도 대통령이 아닌 임금님으로 통용되는 것을 보면 생명력이 상당히 긴 농담이다.

▶ **"이빨 새 끼니께 목구녕으루 넘어가는 것두 읎네."**: 한상 푸짐하게 맛있게 잘 드셔놓고서 괜히 비아냥대는 아저씨들의 너스레. 비슷한 농담으로 '이 집은 물이 제일 맛있네!'가 있다.

▶ **"5학년 2반!"**: 자칫 흠으로 비춰질지 모를 자신의 많은 나이를 당당하고 유머러스하게 밝힌다.

▶ **"3인분 같은 2인분!"**: "이모, 양 좀 많이 주세요"에 재치를 넣으면 이렇게 된다. 아저씨들은 왜 꼭 식당에서 농담을 많이 하는 걸까.

▶ **"시간 있으믄 서울 있는 아들한티 전화 좀 넣어봐. 술 좀 따르라고."**: "자네 내 잔에 술 좀 따라주게"라는 문장에 유머를 넣고 체신머리를 지우면 이렇게 된다. 일체의 과장 없이 우리 아부지는 이 농담을 천 번 이상 하셨다.

▶ **"출석 불르믄 나와."**: 개나 소나 나서지 말고 끝까지 점잖은 자세를 유지할 것을 종용하는 농담.

▶ **"왜요? 왜요는 일본놈들이 덮구 자는 게 왜요구."**: 자신에게 말대꾸하는 꼴을 못 보시는 꼰대들이 주로 많이 사용하시지만, 나는 개인적으로 좋아한다. 일본 사람이라고 하지 않고 일본놈들이라고 표현하는 부분에서 반일감정의 페이소스가 느껴지기 때문이다. 상대가 "왜입니까?" "왜죠?"라고 하면 사용할 수 없기 때문에 '레어'하기도 하다.

정말 대단하지 않나? 연륜과 해학이 담겨 있는 진짜배기 농담은 이렇게 생겼다!

내가 분노하는 지점은, 아재개그라는 말로 아저씨 농담이 통용되면서 아재개그의 탈을 쓰고 성희롱을 일삼는 사람들이다. 성희롱은 아재개그가 아니다. 비슷하지도 않다.

어떻게 다르냐고? 아재개그의 탈을 쓴 성희롱이라는 것은 이를테면 이런 것이다.

▶ "배고파? 오빠가 열 달 동안 배부르게 해줄까?"
▶ "어디 아파? 오빠가 살주사 놔줄까?"

아재개그가 ^^;;; 라면,
성희롱은 ;;; 다.

입
맛

드라마나 영화에서 맘고생하는 사람들 헬쑥해 보이게
하는 거 그만해라. 일 꼬이고 우울할 때마다 살이 얼마나
찌는데. 입맛이 얼마나 좋아지는데. 새벽에 얼마나 처먹
는데. 처먹고 후회하고 또 처먹고 그 와중에 치킨 시키는
내가 싫고 그게 맘고생인데.

퀴즈, 주인은 얼마를 손해 보았을까요

어느 아이스크림 가게에 손님이 칠천 원어치 아이스크림을 사고는 만 원을 내밀었다.

잔돈이 없던 주인은 옆집에 가서 만 원권을 천 원권으로 바꾼 뒤 손님에게 삼천 원을 거슬러주었다.

다음 날 아침, 옆집에서 위조지폐라며 환불을 요구하기에 주인은 만 원을 다시 돌려주었고, 같은 날 저녁 TV의 먹기리 탐사 프로그램에선 일부 아이스크림 기계에서 토핑으로 벌집 대신 석유 성분 파라핀을 사용한다고 방송했다.

아이스크림 가게 주인은 얼마를 손해 보았을까요?

TV에서 보는 영화

명절에 〈부당거래〉를 틀어주기에 봤다.

초등학생 연쇄 토막살해범을 잡는 영화인데, 담배만큼
은 철저하게 모자이크돼서 나왔다.

방송통신심의위원회의 기치는 윤리와 규범, 절제와 책
임 등의 공익정신에 입각하여 정보통신에서의 건전한 문
화를 창달하는 것일 것이다.

기십 년 뒤에는 이상한 어른들이 생길지 모르는 일이다.

양
비
론

"둘 다 잘못했어! 화해해!"

초등학교 선생님이 내 인생 최초의 양비론자였다.

이렇듯 양비론은 애들 싸움 하나 해결하지 못한다.

남
자

허
리

아
래

'남자 허리 아래'는 문제 삼는 게 아니라는 새끼들,
허리 아래 무릎으로 니킥 존나 하고 싶다.

정
답

방송국에선 좆밥들만 정답을 말한다.
어느 구름에 비 들어 있는지 모르고
될성부른 나무 떡잎에는 티도 안 나는 게 이 일인데
좆밥들만 정답을 말하고 확신을 한다.

무
지　지
의　의
무　지
지

너는 네가 모를 수도 있다는 것을 모르며
아는 거라곤 네가 다 아는 줄 안다는 것뿐이다.

강
심
장

    핸드폰에 액정필름 붙일 땐 숨도 못 쉬고 집중하는 주제에……

    섹스할 땐 무슨 깡으로 답답하다고 콘돔도 안 끼냐.

속
터
지
는
속
담
사
전

[속담] 열 번 찍어 안 넘어가는 나무 없다.
: 여러 번 계속 노력하면 안 되는 일이 없다는 뜻.

이 말은 짝사랑에 빠진 이에게 낭만적인 명분을 주는 것 같다. 그 자체로 고귀한 '사랑'이라는 단어에 '하면 된다' 류의 열정을 덧씌운 듯한 이 오랜 수사는 불행히도 그 오랜 기간 동안 행하는 이에겐 자괴감을, 당하는 이에겐 불쾌함을, 심하게는 공포까지 선사했으리라.

반평생을 짝사랑과 단념에 할애한 내가 감히 단언한다.

사랑은 애초에 찍고 넘기고 하는 성취의 개념이 아니다.

내
가
쟤
아
는
데

삼십 년을 같이 산 가족들도 쟤 속을 모르겠다 하고
이따금씩 나도 내 마음 모르겠는데,
입사하고 한 달 지낸 네가 어떻게 날 그렇게 잘 아냐.

까
도
내
가
까

주댕이 싸물어.

나한테 상처 줄 수 있는 건 나뿐이야.

드래곤볼

〈드래곤볼〉맨 앞 페이지에 등장인물 소개해놓은 것처럼
손오공은 1권부터 42권까지 쭉 착하고
셀 같은 새끼는 죽을 때까지 사악한 놈으로,

싫어하고 존경하고 미워하고 사랑하고를 정해놓고 할
수 있게,

내 주변 사람들도 이랬으면 좋겠다.
헷갈리게 왔다 갔다 하지 말고.

3

———————

장

어느 날 고궁을 나오면서

어느 날 고궁을 나오면서

왜 나는 조그마한 일에만 분개하는가

저 왕궁王宮 대신에 왕궁의 음탕 대신에

어느 여자 연예인이 속옷을 입지 않고 SNS에 사진을 올

렸다고 분개하고 옹졸하게 분개하고 한조 위도우만 고르

는 우리 편한테 욕을 하고

옹졸하게 욕을 하고

그러니까 이렇게 옹졸하게 반항한다.

독재자에게

친일파에게는 못하고 배달부에게

발포 책임자에게는 못하고 일사봉공, 견마지로의 자세
로 충성을 맹세한 일본군 장교의 딸에게도 못하고 걸그
룹 기획사 사장에게 팀명이 구리다고 팀명 때문에 팀명
때문에

우습지 않으냐 걸그룹 팀명 때문에

모래야 나는 얼마큼 적으냐

바람아 먼지야 풀아 나는 얼마큼 적으냐

정말 얼마큼 적으냐……

취
향

나는 가끔 내 취향까지 허락 맡으려 하는 것 같다.

존중

"나는 항상 모든 가능성을 열어두고 널 존중해.
지금도 네가 좆같은 얘기만 하는데도 다 듣고 있잖아."

예
능
인

"진짜 많은 예능인들이 하는 소리 있잖아. 내가 지난 녹화 때 빵 터뜨린 거 방송엔 왜 편집됐냐고 하는 거.

나도 그럴 때 많았지. 처음엔 답답하고 점점 억울하다가 나중엔 막 화가 나. 왜냐하면 내가 만든 웃음은 다른 사람 거에 비해 되게 커 보이거든. 마치 막 엄청나고 새로운 무엇이었던 것마냥. 그게 너무 아까워서 화가 나는 거야.

그렇게 화가 나니까 편집한 사람을 원망하고 연출가를 탓하고 작가를 욕하고 감 없다고 욕을 하지. 왜 세상 재미 없는 건 다 내보내면서 내 건 자르는 거냐고.

근데 방송이란 건 각자 역할이 있는 거잖아. 내가 사람들 웃겨서 밥 먹는 사람이라면 편집해서 밥 먹는 사람들도 있는 거잖아. 서로 맡은 부분 인정 안 해주고 그렇게 애처럼 투정 부리면 대개 망하더라고. 조심해야 돼 정말."

……라고 방송에서 몇 번 말했는데 만날 편집돼서 결국 책에다가 쓴다. 좋은 얘기 해주면 뭐하냐 다 편집하는데. 하여튼 다들 감들은 없어가지고…….

얼어

죽을

나는 왜 멋도 못 부리면서 춥게 입고 다닐까.

남
자
네
~
~

'사람'으로서 멋진 일을 두고 '남자답다'고 해서는 안
되겠다.

다
래
끼

하루가 멀다 하고 술만 먹었더니 드디어 사달이 났다.

양쪽 눈에 콩알만 한 다래끼가 하나씩 생긴 것이다. 그
동안은 이 핑계 저 변명으로 수술을 피했지만 더는 길이
없었다. 결국 수술실(이라기엔 협소했지만)에 들어가 마
취를 하고 눈을 쨌다. 선생님의 표현으론 초등학생도 받
는 간단한 수술이었다고 하셨지만 난 이 고통을 다시 받
느니 적폐세력이 집권하는 세상에서 여생을 보내는 게 낫
겠다는 생각을 했다.

수술을 마치고 안대를 붙이고 나올 때도 통증은 계속
되었다.

내가 이리 겁이 많고 아픔에 민감한 것은 사실 집안 내력이다.

사촌 누나는 손톱 옆에 거스러미 하나만 잘못 떼도 하루를 앓아 눕는 사람이었다.

그런 누나였지만 수차례의 성형수술은 관운장처럼 잘도 견뎌냈었다.

어떻게 그럴 수 있었을까?

나는 누나가 쌍꺼풀수술을 견딘 데에 내가,

예쁜 여자를 좋아하는 남자인 사촌 동생이,

예쁜 여자를 좋아하는 인간 유병재가 원인을 제공한 것은 아니었는지 생각해보았다.

진
드
기

기르던 고양이가 귀를 자꾸 긁기에 데리고 동물병원에
간 일이 있었다.

귀에 진드기가 잔뜩이었다. 뿐만 아니라 겸사겸사 접종
을 하러 간 아기 고양이들에게도 옮아 있었다.

검이경으로 귓속을 보여주던 의사선생님이 애들이 이
모양이 됐는데 이제 찾아오면 어떡하냐고 버럭버럭 화를
냈다.

나는 의사선생님에게 죄송하다고 사과를 했다.

치료만 해줬을 뿐, 아이들에게는 미안하다고 말하지 않

고 의사에게 죄송하다고 했다.

나는 가끔 내가 상처 준 사람보다 가장 화나 있는 사람
에게 사과하는 것 같다.

내가 결정되는 순간

〈매트릭스〉의 네오. 빨간 약을 먹고 진실에 눈 뜰 것인가, 파란 약을 먹고 현실에 순응할 것인가.

〈달콤한 인생〉의 선우. 보스의 명령대로 희수 애인의 목숨을 빼앗을 것인가, 못 본 척할 것인가.

〈다크나이트〉의 배트맨. 하비 덴트를 구하러 갈 것인가, 레이첼을 구하러 갈 것인가.

〈슬램덩크〉의 서태웅. 경기 종료 2초 전 정우성, 신현철의 더블마크를 뚫고 슛을 강행할 것인가, 노마크의 강백호에게 패스할 것인가.

이외에도 부지기수.

가만 생각해보면 위 영화, 만화 들처럼 내가 누구인지 정의해줄 결정적인 선택의 기로, 드라마틱한 갈등의 순간 들은 내 인생에 잘 일어나질 않는다.

내가 어떤 사람인지
혹은 어떤 존재인지는,
대부분 담배꽁초 바닥에 버리고, 알바한테 반말하고, 엄마한테 짜증부리고,
이런 기억에도 남지 않을 미세먼지 같은 작은 순간들 이 모여 결정되는 것 같다.

손

나는 누굴 닦은 뒤에 내 손을 닦는 사람인지.
내 손을 닦은 뒤에 누굴 닦아주는 사람인지.

갑
질

나는 굽실대지 않는 사람을 불친절하다고 생각했던 것
같다.

갑질은 내가 하는 것이었다.

우
리
형

뭐 때문이었는지 기억도 안 나는 사소한 일로 형이랑 다투고 난 뒤에 나는 우리 형이 정말 너무도 미웠다. 뒤통수만 봐도 짜증이 치밀고 샤워 소리만 들려도 부글부글 끓을 정도로.

내가 먼저 사과하면 형은 또 재수 없게 대답하겠지. 또 고깝게 듣겠지. 밥은 다 처먹고 치우지도 않겠지. 또 뭐 사달라 하겠지. 뭐라고 하면 뭐라고 하겠지.

내 상상 속 형의 행동 중에 형이 실제로 한 행동은 단한 가지도 없었다.

내가 미워하는 누군가는 실재하는 누군가인지, 내 상상
이 만들어낸 누군가인지 생각해봤다.

괴물소리

나는 요 몇 년 벌이가 좋아졌다.

어디 가서 자랑할 만큼은 아니지만, 그래도 몇 년 전과 비교하면 분명 넉넉해졌다.

형과 둘이 살기엔 꽤 큰 집에, 끼니 걱정 공과금 걱정은 커녕 가끔 친구들에게 한 턱 낼 여유도 생겼다.

나에게는 이제 에어컨을 켤 때 전기 걱정을 하지 않고 심지어 희망온도까지 설정할 수 있는 자유가 있다.

—지금, 내 친구들은 격무에 시달리고 박봉으로 생활하며,

그마저도 가지지 못한 친구들은 격무에 시달리고 싶어서 '자신自身'을 잃기도 한다.

철탑에 올라간 이들은 줄에 도시락을 매달아 올려 끼니를 때우며,

누군가는 여전히 굶어 죽는다.

희망온도를 설정할 자유가 없는 이들을 다 적기엔 이종이가 너무 작다.

나는 금수저도 아니고 세상에서 가장 잘난 사람도 아니고 여태껏 착하게만 살아온 것도 아닌데,

에어컨을 맘대로 끄고 켤 수 있다.

—우리 집 에어컨에선 괴물 숨소리가 난다.

KBS 1TV 동물의 세계

—매일 저녁 다섯 시 삼십 분 KBS 1TV 〈동물의 세계〉.
전체관람가.

내장이 파먹힌 채 들판에 누워 있는 버펄로 사체를 구
경하며 저녁밥을 먹는다.

—동물의 사체는 초등학생 하교시간에 TV에서도 볼
수 있지만 사람의 시체는 그렇지 못하다.

사실 크게 다르게 생기지 않았는데도 우리는 사람의
피부 속을 보면 징그러워하고 동물의 피부 속을, 우리는
구워 먹기까지 한다.

나에게도 있는 모습이 드러난 것 같은 막연한 두려움 때문일까?

저게 내 모습일 수도 있다는 공포 때문일까?

─나는 나의 못나고 못된 모습을 하고 있는 누군가를 극도로 미워하고 경계하곤 한다.

카
리
스
마

나는 단톡방에서 늦게 대답하는 것을 카리스마라고 생
각하는 것 같다.

흉

"걔는 어쩜 그렇게 자리에 없는 사람 흉을 보고 다니니?
걔처럼 없는 데서 욕하는 사람, 제일 밥맛이야!"

신
념

　나는 그냥 꼴리는 대로 사는 주제에 나중에 나름의 이
유를 갖다 붙이지 않는지 생각해봐야겠다.
　그리고 그걸 신념이라고 부르지는 않는지 돌아봐야
겠다.

척

나는 들춰보지도 않은 알랭 드 보통 책은 읽은 척 떠들
면서

유니세프 광고는 15초가 지나기 무섭게 SKIP 버튼을
누르곤 한다.

나는 모르는 건 아는 척하면서

아는 건 모르는 처하는 것 같다.

산
사
람
은

살
아
야
지

광화문을 지나던 택시 기사님 말씀대로
이제 산 사람은 살아야 한다.

부끄럽지 않게.

가
만

생
각
해
보
면

가만 생각해보면 나는 초등학교 때 제일 깔끔했던 것
같다.

집에서는 안 그랬는데 학교에선 땅에 떨어뜨린 수저는
꼭 바꿔 먹고 똥도 학교 화장실에선 육 년 동안 몇 번 안
쌌다. 이빨 닦고 불소도 꼬박꼬박 했다. 왜냐면 집에서처
럼 하다 걸리면 애들에게 놀림받았기 때문이다.

나는 좋은 사람이 되기 위해선 욕먹기 싫어하는 마음
이 가장 중요한 것은 아닐까 하고 생각해보았다.

치
유
를

요
청
합
니
다

　고백한다.

　나는 일전에 일간베스트 유저임이 분명해 보이는 닉네
임의 메르시 유저에게 힐을 요청한 적이 있다.

　모래야 나는 얼마큼 적으냐
　바람아 먼지야 풀아 나는 얼마큼 적으냐
　정말 얼마큼 적으냐……

직
업

    단 한 번도 의심한 적 없다. 나는 코미디를 선택하길 정
말 잘했다.

    뭐랄까 직업으로서 확신이 든다. 코미디야말로 내 직업
으로선 최선의 선택이었다.

    왜냐면 너~~~무 하기 싫을 때가 많다.

    하기 싫어야 직업이지, 좋으면 취미지.

미
워
하
지
마
왜
미
워
해

난 내가 미워하는 사람에게조차 미움받기를 두려워하
는 것 같다.

핑
계

　"이게 만약 영화면 나도 주인공처럼 멋있게 살지. 정의
를 위해서 평등을 향해서.

　근데 아니잖아. 마스터 샷 나오고 크레딧 오르고 끝나
는 게 아니잖아.

　인생이 계속되잖아. 너도 알잖아."

검
사

"검사 맡는 게 무슨 예술이냐 ㅠㅠ 니들이 뭘 아냐······."

이렇게 쓴 몇 년 전 일기를 봤는데 기억을 더듬어보니
방송사 코미디 회의를 처음 접했을 무렵이었다.

길지 않은 시간이 지나 나는 이제 검사 맡지 않고서는
단어 하나 뱉을 수 없게 되었다.

서러운 마음 나도 몰라

나는 어쩌면 기분이 나쁘고 싶은 걸까?
어째서 그토록 우울하고 슬프려 용을 쓰는 걸까?

나는 어쩌면 이해당하지 않으려고 애를 쓰는 걸까?
이째서 그토록 외롭다고 징징대다가도 누가 내 마음
다 안다고 하면 성이 나는 걸까?

4

_____

장

인스타 인증샷용 페이지

♥ 좋아요 1,988개

blackcomedy
#첵스티그램 #북스타그램 #하루한문장
#데일리북 #감성글귀
#독서 #일상 #소통 #선팔맞팔

냉
장
고

감정에도 냉장고가 있었으면 좋겠다.

남을 때 넣어뒀다가 모자랄 땐 언제든 갈아 끼울 수 있게.

수능 성적표 나오는 날

잘하지 못한 게 잘못은 아니다.
더할 나위 없이 소중한 생명.

아
들

설이 다가오기 며칠 전 시집 간 작은누나로부터 연락
이 왔다. 이번 설에 폭탄선언할 게 있으니 네가 집안 분위
기 좀 띄우란다. 이혼하느냐는 나의 질문에 작은누나는
넷째를 임신했다고 답했다. 축하받을 일에 왜 걱정을 하
느냐 물었더니 몇 년째 아이가 없는 큰누나 얘기가 나왔
다. 언니는 몇 년째 그렇게 노력을 하고 있는데 자기는 넷
째를 임신했으니 눈치가 보인단다. 큰누나가 본인의 것으
로 알고 기뻐했던 몇 달 전 엄마의 태몽도 알고 보니 본인
의 것이었다고, 여튼 네가 웃으면 우리 집은 다 웃으니 집
안 사람들 기분 좀 맞춰주란다.

설이 다 지나가도록 누나는 결국 말하지 못했다. 왜 이렇게 배가 나왔느냐는 엄마의 말에 향유 동생 임신했다고 웃으며 능치는 게 전부였다. 결국 내 입으로 엄마한테 누나의 임신 사실을 말했고 처음엔 놀라고 큰누나를 걱정하던 엄마도 늘상 무뚝뚝했던 아들이 주저리주저리 애교부리며 떠들자 이내 기분이 좋아지셨다.

서울에 올라온 후, 나는 누나에게 집에 말 잘해놨으니 걱정 말라고 너스레를 떨었고, 그런 나 자신이 자랑스러웠다. 나의 노력으로 온가족의 걱정과 갈등의 씨앗이 사라지지 않았나! 내가 나서서 사태를 수습하지 않았나! 나는 내가 너무 멋있었다! 내가 그 걱정과 갈등의 씨앗 빨아 먹고 산 놈인 것은 눈치채지 못하고 나는 스스로 자랑스러워했다.

사촌 포함 누나만 여덟 명인 집안에 막내아들로 태어난 나는 홀로 고고하게 '깨지기 쉬움' 딱지를 붙인 택배 박스 같았다. 그 딱지 하나만으로 누구도 내 위에 부당함을 쌓아 올리거나 폭언을 던지지 않았다.

하지만 커서 보니 누나들이야말로 깨지기 쉬운 걸로는 어디 가서 지지 않는 사람들이었다.

빙
빙
바

청춘은, 기쁜 우리의 젊은 날은
빙빙바 꼭다리 연유처럼 달콤하고도 짧을 거야.

리
빙
포
인
트

'나보다 나를 더 잘 아는 소중한 친구'를 사귀는 법

: '친구가 나보다 나를 더 잘 알 수도 있다'는 가능성을

인정한다.

상
처

상처는 어째서 준 놈들이 받는 척할까.

감
정
의

감
기

    어려운 분과 함께 있으면 분위기에 맞춰 표정을 재빠
르게 바꿔야 한다.

    폭소하다가도 심각해야 하고

    진지하다가도 감탄해야 하며

    뜨겁다가도 차가워야 한다.

    감정의 감기는 내 오랜 지병이다.

엄
마

미
안

엄마 미안.

그동안 대통령 보고 가엾다는 엄마가 참 싫었어.

내가 보기엔 엄마가 더 불행하게 살았거든.

가난한 집에 둘째 딸로 태어나서 장남은 장남이라고 막내는 막내아들이라고 고등학교 갈 때 혼자 중학교밖에 못 나오고 이십 대에 시집와서 할아버지 똥 기저귀 갈고.

남편은 집에만 있지 잘나가는 시누이들은 무시하지 빚쟁이들은 만날 오지.

가난이 싫어 어린 아들 앞에서 입버릇처럼 내일 아침이 오지 않았으면 좋겠다고 하다가

보험회사 공장 일 식당 일 가정부 일 끝나고 집에 와서
도 마늘 까며 이제 겨우 끼니 챙기나 싶었는데.

큰오라버니 요절하고 이듬해 아버지 돌아가시고…….
내가 보기엔 엄마가 더 불쌍해 보였어.

대통령 불쌍하달 때마다 지금 누가 누굴 동정하는 거
냐고 속으로 엄마 원망 많이 했었어.

근데 나도 TV에 연예인들이 울면 같이 울더라.

키우던 강아지가 집 나갔다고
가상 결혼하다 헤어진다고
짝짓기 프로그램에서 표를 못 받았다고
섹시한 이미지만 부각되어 속상하다고
우는 연예인들 보구 가엾다고 생각했었어.

그때 나는 종일 굶고 두 평짜리 고시원에서 티비를 보
고 있었는데.

엄마 미안.

오
늘
은

버
리
자

"오늘은 버리자."

나는 저녁밥도 먹기 전에 얼마나 많은 하루를 버려왔나.

오
해

오해들 하는데, 내가 겁이 많아서 참는 거지 착해서 참
는 게 아니야.

A
T
M

"애인은 있니?" "졸업은 했어?" "결혼은 언제 하려고?"
"취업됐니?"

관심과 애정을 동반한 친척들의 명절 안부는 사실 애
정이 담겨 있기에 더욱 뼈아프게 다가온다.

마치 확인하고 싶지 않았던 잔액을 구태여 상기시키는
ATM처럼.

내가 애써 외면했던 내 밑바닥을, 내 인생 명세표를 억
지로 억지로 눈앞에 들이밀곤 한다.

"애인은 있니?" "취업됐니?"

행
간

　"누군가 내 행간의 의미에 관심 갖게 하는 데 이십 년
조금 넘게 걸렸어요. 아니 아직도 너무 부족하죠.
　그런데 그녀는 사랑받는다는 이유만으로 누군가에겐
마침표 하나까지 해석되곤 해요."

똥
을

싸
다
가

촬영차 시골에 내려갔던 날,

모두 잠든 어두운 밤, 배가 아파 화장실로 향했다.

잠금장치가 고장 난 화장실에 아니나 다를까 문과 변기의 거리마저 멀었다.

행여 누가 들어올까 두려워 나는 계속 입으로 "아!" "아아!" 소리를 냈다.

왠지 모를 기시감.

아, 나는 여태 이렇게 살았구나.
평생 나의 존재를 이렇게 피력하며 살았구나.
나 여기 살아 있노라고.
여기 존재하노라고.

이렇게 유약한 나, 여기 존재하니
나에게 상처 주지 말라고.
나는 이렇게 살았구나.

파
일

내 컴퓨터에 나도 모르는 사이에 제멋대로 생긴 파일 같은 거 있잖아요.

아이콘도 없고 연결 프로그램도 없고 확장자도 낯선······.

발음되지도 않는 글자들의 조합을 이름이랍시고 달고 있는······.

분명 전에는 없었는데 아무도 모르게 갑자기 생겨버린······.

나는 가끔 내가 그렇게 느껴지곤 해요.

농담이 아니고

길지 않은 책을 끝내며 다시금 느꼈다.

나는 마감이 없으면 똥도 싸지 못할 인간이다.

주제 넘고 분에 넘쳐서 팔자에도 없던 책을 쓰느라 얼마나 많은 후회를 했던가.

"내가 미쳤지."

오랜 시간 묵묵히 기다려준 편집부원 여러분께 감사의 인사를 전한다.

당연한 말로 후기를 대신하려 한다.

볼펜 한 자루 만들어내지 못하는 내가 이리 대접받고 사는 것은 모두 여러분 덕분이다.

내 코미디에 웃어주시는 당신, 내 코미디를 들어주시는 당신, 내 책을 사주시는 당신, 내 책을 인스타에 올려주시는 당신,

그리고 그걸 인스타에서 봐주시는 당신 덕분이다.

앞으로 내 인생에 얼마만큼의 영광이 남아 있든 그건 모두 여러분 덕이다. 내가 잘한 건 한 개도 없다.

코미디를 시작하며 가장 많이 머릿속에 되뇌던 문장이 있다.

'사람들이 날 좋아하는 걸 창피하지 않게 만들어야지.'

여러분의 책장에 이 책이 꽂힌 걸 창피해하지 않게 살아가겠다.

노력하겠다.

유병재 농담집
블랙코미디

1판 1쇄 발행 2017년 10월 30일 **1판 34쇄 발행** 2021년 1월 26일

지은이 유병재
펴낸이 고세규
편집 이승희 김지선 **디자인** 윤석진

발행처 김영사
주소 경기도 파주시 문발로 197(문발동) 우편번호 10881
등록 1979년 5월 17일(제406-2003-036호)
주문 및 문의 전화 031)955-3200 **팩스** 031)955-3111
편집부 전화 02)3668-3292 **팩스** 02)745-4827 **전자우편** literature@gimmyoung.com
비채 카페 cafe.naver.com/vichebooks **인스타그램** @drviche
트위터 @vichebook **페이스북** facebook.com/vichebook **카카오톡** @비채책

ISBN 978-89-349-7928-9 03810 책값은 뒤표지에 있습니다.

비채는 김영사의 문학 브랜드입니다.

이 도서의 국립중앙도서관 출판시도서목록(CIP)은 서지정보유통지원시스템 홈페이지
(http://seoji.nl.go.kr)와 국가자료공동목록시스템(http://www.nl.go.kr/kolisnet)에서
이용하실 수 있습니다.(CIP제어번호 : CIP2017026810)